# HOMBRE MOSCA Y LOS EXTRATERRESTREZZ

Tedd Arnold

Scholastic Inc.

A Alexandra, Raegan, Cole y Mason:
¡un equipo de verdaderos Héroes Secretos!

Originally published in English as *Fly Guy and the Alienzz*

Translated by Abel Berriz



ISBN 978-1-338-32969-8

10 9 8 7 6 5 4 3 2 1 19 20 21 22 23

Printed in the U.S.A. 40
First Spanish printing 2019

Book design by Kirk Benshoff

Un niño tenía una mosca de mascota. La mosca se llamaba Hombre Mosca. Hombre Mosca podía decir el apodo del niño:

# Capítulo 1

Un día, Buzz dijo:

—Oye, Hombre Mosca, ¡voy a hacer una película!

—Será de extraterrestres
—dijo Buzz.

—Los extraterrestres son los tipos que vienen del espacio —dijo Buzz.

—No, tonto —dijo Buzz—. Son como estos. Los dibujé, los recorté y los pegué en palillos, como marionetas.

—Estos somos tú y yo —dijo Buzz—. También hice un fuerte.

—Y aquí *tenemos* a un extraterrestre en una *súper* nave espacial de *oro*.

Buzz preparó la cámara.
—Silencio en el set. Y... ¡ACCIÓN! —dijo. Entonces contó una historia.

# Escena 1

—Un día, en el futuro —contó Buzz—, Hombre Mosca y Chico Buzz estaban volando.

—Ambos montaban guardia en el Fuerte Secreto de los Héroes.

—Una nave extraterrestre apareció detrás de Hombre Mosca y Chico Buzz.

—Los extraterrestres accionaron su rayo tractor. El rayo atrajo a los héroes hacia la nave.

—Dentro de la nave espacial, los extraterrestres le cayeron encima a Chico Buzz y lo ataron.

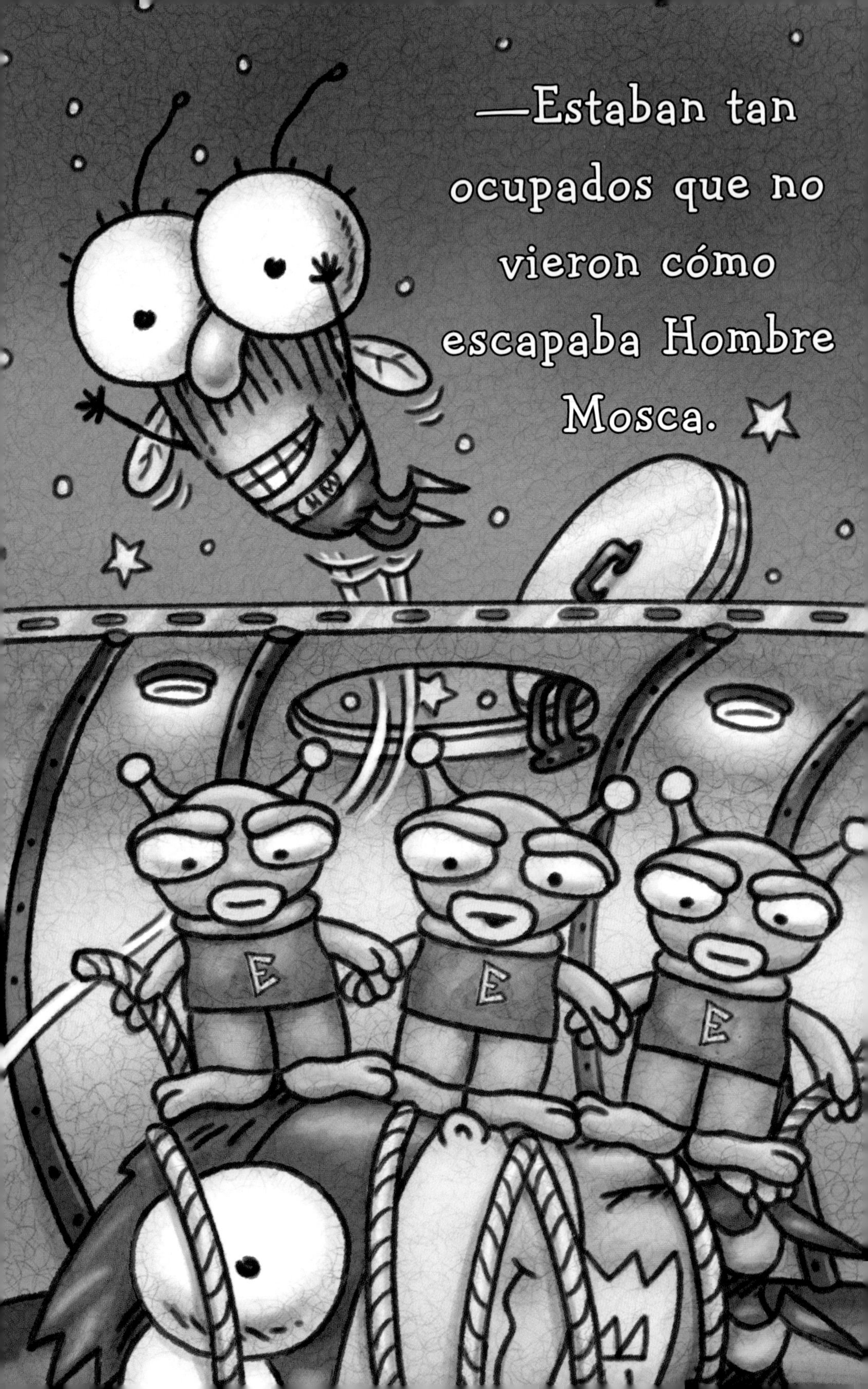
—Estaban tan ocupados que no vieron cómo escapaba Hombre Mosca.

# Escena 2

—Hombre Mosca voló al
Fuerte Secreto de los Héroes
en busca de ayuda.

—Su amigo, Socio Dragón, salió afuera y lanzó bolas de fuego a la nave.

—La nave espacial era a prueba de fuego, pero las bolas de fuego enfurecieron a los extraterrestres. De un golpe, destruyeron el fuerte.

—Hombre Mosca quedó atrapado dentro del Fuerte Secreto de los Héroes.

—Los extraterrestres le cayeron encima a Socio Dragón. ¡Pero no pudieron atarlo!

# Escena 3

—¡De repente, apareció Chica Mosca!

—Los extraterrestres estaban tan ocupados con Socio Dragón que no la vieron rescatar a Hombre Mosca.

—Hombre Mosca y Chica Mosca volaron muy rápido alrededor de los extraterrestres.

—Los extraterrestres les dispararon con pistolas lanzamatamoscas.

—Pero fallaron y se dieron a *sí* mismos.

—Cuando nadie estaba mirando, llegaron los piratas espaciales y se robaron la nave espacial de *oro*.

—Se la llevaron a su horripilante planeta pirata.

—Sin la nave espacial, los extraterrestres se quedaron en la Tierra. Se rindieron y se unieron a los Héroes Secretos.

—Hombre Mosca y Chica Mosca
y todos los Héroes Secretos
protegieron la Tierra para siempre.

—Fin —dijo Buzz.

—¡Huy! —dijo Buzz—. ¡Chico Buzz todavía está en la nave de oro que se robaron los piratas!

—¡Qué bueno que lo dices, Hombre Mosca! Tenemos que hacer una secuela. Debemos rescatar a Chico Buzz.

—Muy bien —dijo Buzz—.
Silencio en el *set*. Y... ¡ACCIÓN!